Ma branche préférée

Texte de MIREILLE MESSIER
Illustrations de PIERRE PRATT

SCHOLASTIC

Quand je m'endors enfin, je rêve que je porte une couronne de glace. Mon arbre est mon château. Ma branche est mon trône. Je suis la reine de la tempête!

J'ouvre les yeux.
C'est quoi ce bruit?
Je repousse ma douillette et
me précipite vers la fenêtre.

Dehors, tout est recouvert de glace. On dirait que mon quartier est enveloppé dans une lourde couverture de diamants. C'est joli. Mais ça me fait aussi un peu peur.

Maman se tient près de moi à la fenêtre.
Son haleine fait de petits nuages sur la vitre.
— On est chanceux. Il aurait pu se casser
complètement, dit-elle.
Surprise, je demande :
— Qu'est-ce qui s'est cassé?
C'est là que je l'aperçois. Au pied de mon arbre
se trouve une grosse branche.

Je dévale l'escalier et je fonce dehors. C'était
ma branche préférée! Celle où je m'assoyais, d'où je
sautais, sous laquelle je jouais. C'était mon château,
ma base d'espions, mon bateau...

J'essaie de la soulever, mais elle est trop lourde. Je passe mes doigts sur la glace pleine de petites bosses.

— Est-ce qu'on peut la réparer?

— J'ai bien peur que non, dit maman.

— Est-ce que je peux la garder?

— C'est juste une branche...

— Ce n'est pas juste une branche. C'est ma branche! Je jouais tout le temps dessus!

Maman touche doucement le tronc de l'arbre
à l'endroit où la branche se trouvait.

— D'accord. Tu peux la garder pendant un
petit bout de temps.

— Mais je veux la garder pour toujours!

— On verra, dit maman en posant sa main
sur la mienne.

Je soupire. Quand maman pose sa main sur
la mienne, ça veut dire « probablement pas ».

Je vois d'autres branches cassées dans les cours,
dans la rue et dans les arbres. Je regarde mes voisins.
Ils ramassent les branches et en font de grosses
piles. On dirait des barrages de castors dans la ville.

Des travailleurs nettoient la rue. Ils montent sur des échelles, réparent des fils, mettent du ruban jaune autour des arbres et des cônes orange sur le trottoir. Tout le monde est si occupé! J'aimerais bien grimper sur mon arbre pour mieux les regarder. Mais je ne peux pas.

Mon voisin, M. Félix, est sorti avec sa scie mécanique. Le bruit me fait mal aux oreilles. Mais je ne veux pas retourner à l'intérieur. Je me couvre les oreilles et je protège ma branche. Je veux être certaine que personne ne la prendra ni ne la coupera.

Lorsqu'il me remarque, M. Félix
arrête sa scie.

— Tu en fais une tête!

— Ma branche préférée s'est
cassée.

— Oh! Que vas-tu en faire?

Je hausse les épaules et dis :

— C'est juste une branche...

— Pas du tout! C'est ta branche
préférée, non?

Je hoche la tête.

— C'est ce que je me disais. Elle a
beaucoup de potentiel, dit M. Félix.

— De quoi?

— De potentiel. Ça veut dire que
ça vaut la peine de la garder.

M. Félix me donne un bout de bois.
— Qu'est-ce que c'est? me
demande-t-il.
— Un bout de bois.
— Oui. Mais qu'est-ce qu'on
pourrait en faire?

Maman arrive avec des chocolats chauds.

— Bonjour Félix. Je vois que votre arbre est abîmé aussi.

— En effet! C'était toute une tempête!

— Maman! Regarde! On cherche ce que l'on pourrait faire avec ce bout de bois!

M. Félix rigole en voyant l'air perplexe de ma mère.

— Je fabrique des objets à partir de bois récupéré, dit-il. Avec un peu d'imagination, chaque morceau peut être transformé en quelque chose de merveilleux!

Je regarde ma branche préférée. Elle a du potentiel. Je me concentre. Je plisse les yeux. Et soudain, j'ai une idée!

— Je sais ce qu'on pourrait faire avec ma branche!

— Bravo! dit M. Félix.

— Qu'est-ce que ce sera? demande maman. Une canne? Un portemanteau? Une cabane à oiseaux?

— Non. C'est encore mieux!
Je chuchote mon idée à l'oreille de M. Félix.
— Oh! Bien pensé! dit-il.
— Mais je ne sais pas comment fabriquer ça.
— Je peux t'aider. J'ai le temps et les outils nécessaires.
Tout ce qu'il te faudra, c'est de l'huile de coude!

L'atelier de M. Félix a une odeur sucrée, comme un bon déjeuner du dimanche. Nous travaillons ensemble les fins de semaine et parfois après l'école. Il me montre comment utiliser ses outils pour transformer ma branche en quelque chose de merveilleux.

Nous dessinons un plan.

Nous mesurons.

Nous scions.

Nous scions encore.

Nous laissons le bois sécher...

Ça prend beaucoup...
beaucoup... beaucoup
de temps...

Nous rabotons.

Nous faisons
des trous.

Nous sablons.

Puis nous vernissons... Trois fois,
pour bien protéger le bois.